즐거운 길읽기!

2023. 가을.

현대적이라고
말할 수 없는 죽음들

wefic

현대적이라고
말할 수 없는 죽음들

정지돈

위즈덤하우스

1

그의 이름은 김지미로 고전 영화배우와 이름이 같지만 지미는 관심 없었다. 심지어 그의 아버지도 그 배우가 활동하는 모습을 보지 못했다. 할아버지가 이름을 지었다고 했는데, 임종 직전에 이렇게 말했다고 한다. "김은 떼버려. 지미. 좋잖아?"

지미는 스물한 살이었고 작년에 대학을 때려치웠다. 취미를 살려 헤어디자이너가

되려 했지만 도제 시스템을 참을 수 없었다.
그의 사수인 헤어디자이너는 영혼의 존재를
믿었고 밤늦게 마네킹을 두고 커트 연습을 할
때면 진지한 표정으로 지미에게 묻곤 했다.
"부활에 대해서 어떻게 생각해?" 어시 하나가
"부활이요? 누가요?"라고 했다가 된통 당한
걸 알기 때문에 지미는 좋게 생각한다고
대답했다. "부활 좋죠." 그러면 디자이너는
굳은 표정으로 말했다. "손님들한테 꼬리 치지
마."

　　그러거나 말거나 지미는 손님 하나와
연애를 하게 됐고 숍은 그만뒀다. 손님은
지미의 또래로 키가 땅딸막하고 눈 주변에
주근깨가 있는 사내였다. 숍 직원들은 사내의
뒤처진 외모에 대해 숙덕거렸지만 지미는
사내가 마음에 들었다. 사내는 구김살이
없었고 허세도 없었다. 말재주도 좋았는데

딱히 뭔가를 배웠거나 똑똑해서 그런 건 아니었고 타고난 센스와 타인의 말을 경청할 줄 아는 태도 때문에 그렇게 된 것 같았다. 지미가 사내를 마음에 들어 한다는 사실을 알자 사내는 깜짝 놀랐다. '너처럼 예쁜 애가 왜?'라는 식이었다.

"그 태도는 틀려먹었네."

지미가 말하자 사내는 얼굴을 붉혔다. 그는 고등학교 동창과 꽤 오래 사귀었지만 작년에 헤어진 뒤 쭉 혼자였다. 여자들에게 접근하는 게 두렵진 않지만 연애에 안달 난 사람처럼 보이고 싶지 않아 덤덤하게 다녔는데 그러다 보니 계속 덤덤하게 다니게 된 것이다.

사내의 집은 D시의 서북쪽에 있는 감삼동에서 빵집을 운영했다. 사내는 부모가 함께 운영하는 이 빵집을 물려받을

작정이었다. 크게 키울 욕심도 있었다.

사내와 가까워진 지미는 집을 나와 빵집 건물에 딸린 2층에서 사내와 동거를 시작했다. 지미의 부모는 지미를 통제할 수 없었다. 지미의 아버지는 할아버지가 남긴 재산을 날리고 외할머니가 남긴 재산도 날리고 당뇨 합병증이 와 집에 누워 매일 소리를 질러댔다. 어머니는 지미의 아버지와 이혼하면서 말했다. "나를 찾아오지 마. 내가 한 달에 한 번씩 너를 찾을 테니까." 어머니는 말을 지켰고 지미를 볼 때마다 용돈을 두둑이 줬지만 뭘 하는지, 왜 자신과 같이 살 수 없는지는 말하지 않았다. 딱 한 번, 지미는 어머니의 친구라는 남자를 본 적 있었다. 검고 위압적인 차를 탄 이 남자는 갓길에 차를 세우고 어머니를 기다리고 있었다. 운전기사가 딸린 차였다. 어머니가 탄 뒤에도

차는 출발하지 않았다. 지미는 길에 서서
어머니를 집어삼킨 그 차를 쳐다보고 있었다.
잠시 후 차창이 내려가더니 길고 거무죽죽한
손이 쑥 나왔다. 손이 지미를 불렀다. 남자는
크고 넓적한 얼굴에 입매가 장난스러운 중년
남자였다. 그러나 눈은 차가웠다. 그는 지폐를
한 움큼 지미에게 건넸다. 지미의 어머니는
옆자리에 앉아 고개를 숙이고 있었다. 지금
일어난 일을 못 본 척이라도 하듯 말이다.
지미는 남자의 돈을 받고 싶지 않았지만
받지 않을 수 없었다. 남자는 거절을 한 번도
당해보지 않은 사람처럼 보였다.

사내와 빵을 만드는 건 행복한 일이었다.
사내의 부모는 인자한 사람들이었고 지미가
사내와 함께 산다고 하자 "너처럼 예쁜
애가 왜?"라고 했다. 퇴직 형사인 사내의

아버지는 친구들을 좋아해 자주 술을 마셨고
길에서 자기도 했지만 호인이었다. 사내의
어머니는 술 취한 남편을 차에 태워 집에
돌아오는 길에 지미에게 말했다. "우리
아들은 술을 안 마셔서 참 다행이지." 지미는
고개를 끄덕였다. 창밖으로 D시의 밤 풍경이
지나갔다. 고가 너머로 보이는 서북쪽 일대는
낡고 스산한 지역과 재개발로 공사 중인
지역이 혼란스럽게 섞여 있었다. 그러나
지미의 공간은 행복했다. 지미는 시간이
멈췄으면 좋겠다고 생각했다. 이 행복이
오래갔으면 좋겠다고 사내의 어머니에게
말하려고 했지만 꾹 참았다. 입방정을
떨었다가 복이 나갈까 두려웠던 것이다.

다음 날, 지미는 오랜만에 헤어숍
동기들을 만났지만 얼른 집에 돌아오고
싶었다. 동기들의 대화는 지미와 흥미가

맞지 않고 몹시 지겨웠다. 3시까지 돌아가면
밤페이스트리를 제시간에 먹을 수 있었다.
그리고 밀가루를 코에 묻히고 나오는
사내에게 말하는 것이다. "존맛."

　　그러나 빵집에 돌아왔을 때 지미를
맞이한 건 끔찍한 범죄 현장이었다. 입구에는
동네 단골인 중년 사내가 엎어져 있었다.
바닥에 피가 흥건했고 빵들이 널려 있었다.
사내의 어머니는 카운터 뒤에 쓰러져
있었다. 아버지는 주방 입구에 엎드려
있었다. 총소리를 듣고 나오다가 변을
당한 모양이었다. 지미는 침착하게 주위를
둘러봤다. 사내의 모습이 보이지 않았다.
2층도 엉망이었다. 강도들이 돈이 될 물건을
찾는다고 온통 헤집어놓은 것이다. 사내는
다락으로 올라가는 계단에 쓰러져 있었다.
다락방에 숨겨둔 매그넘 권총을 꺼내러 가는

길이었을 것이다.

밖에서 말소리가 들렸다. 창문으로
내려다보니 건물 뒤쪽으로 강도 셋이 짐을
챙겨 가는 모습이 보였다. 낄낄거리는
모양이 여유가 넘쳤다. 아무도 그들을 막을
수 없다는 사실을 알고 있는 듯했다. D시의
치안은 엉망이 된 지 오래였다. 그렇지만
일개 빵집까지 노릴 거라고 아무도 생각하지
않았다. 빵집 주변 상가들은 서둘러 셔터를
내리고 문을 걸어 잠갔다.

지미는 다락으로 올라가 상자에서 총을
꺼냈다. 재빨리 여섯 발을 탄창에 재운 후
계단을 뛰어 내려갔다. 강도들은 골목이
갈라지는 길에서 인사를 하고 있었다. 둘은
오른쪽으로 가고 하나는 왼쪽으로 갔다.
지미는 야외 주차장 담을 넘어 왼쪽 놈이
간 길 쪽으로 질러갔다. 주차된 차 보닛에

올라 고개를 빼꼼히 내밀었는데 놈의
정수리가 바로 아래 있었다. "여어." 지미가
놈을 불렀다. 놈이 멈춰서 고개를 돌리자
지미는 곧장 총을 쐈다. 그리고 담을 넘어
놈의 총을 들고 아까 두 놈이 간 방향으로
달리기 시작했다. 오랜만에 뛰는 거라 숨이
턱 끝까지 찼지만 멈출 수 없었다. 사거리에
이르렀는데 놈들이 보이지 않았다. 지미는
잠깐 서서 주변을 둘러봤다. 길 건너 갓길에
주차된 노란색 택시가 보였다. 지미는 총을
든 두 손을 바지춤에 넣고 사람들과 함께
길을 건넜다. 그리고 택시 옆에 이르러 열린
차창 안을 들여다보았다. 놈들이었다. 한 놈은
운전석에 앉아 있었고 다른 놈은 조수석에
있었다. 그들은 무릎 위에 돈다발과 패물을
올려놓고 손에는 페이스트리와 크루아상을
들고 있었다. 크루아상을 먹던 놈이 지미를

보며 말했다. "뭔데?" 지미는 바로 총을 꺼내
쉬지 않고 갈겼다. 놈들의 몸이 마네킹처럼
퉁퉁 팅기며 피와 빵가루가 사방팔방 튀었다.
그러나 지미는 총알이 소진될 때까지 멈추지
않았다.

지미는 그길로 집에 돌아와 샤워를 하고
옷을 갈아입었다. 총은 다시 다락에 넣고 피
묻은 옷은 쓰레기봉투에 넣었다. 그리고 빵집
앞 난간에 앉아 거리를 바라봤다. 세탁소 김
노인이 셔터를 올리고 엉거주춤 지미를 보고
있었다. 다른 상가의 사람들도 모두 지미와
빵집을 보고 있었다.

잠시 후 경찰이 왔다. 현장 조사를 하고
주변 사람들의 증언을 수집했지만 아무도
지미가 강도들을 살해했다는 사실을 말하지
않았다. 다들 본 게 없다고 했고 강도들끼리
싸웠다거나 다른 강도가 나타났다고 거짓

증언하는 사람도 있었다. 세탁소 김 노인은
지미가 살해 현장을 발견하고 쭉 빵집 앞에
앉아 있었다고 경찰에게 말했다.

"거기 앉아서 뭘 했죠?"

경찰이 물었다.

"밤페이스트리를 먹었지. 3시에 빵이
나오거든."

2

여자의 유해는 D시의 오래된 저수지인
배자못 바닥에서 발견됐다. 복현동 일대가
새로 들어설 주상복합아파트 공사로
시끄러웠다. 배자못은 일찍이 못의 기능을
다한 폐허였고 못을 메우고 새 건물을 세우는
데 반대하는 사람은 아무도 없었다.

유해를 처음 발견한 건 아이들이었다.

공사판이 된 배자못 지대에서 마피아 게임을
하던 아이들은 흙무더기 사이로 푸르게
빛나는 작은 조각을 보았다. 그들이 발견한
건 손가락뼈 두 개와 손등 뼈의 일부였다.
개중 큰형 노릇을 하는 권오철(14세)이 다른
아이들이 접근하지 못하도록 엄포를 놨다.

　오철은 아이들 중 하나를 시켜 경찰에
신고하게 했다. 경찰은 장난 전화라고
생각했다. 하지만 오철이 중간에 전화를
바꿔 들고 말했다. "사진 찍어서 보내드릴
수 있어요." 경찰은 아무것도 손대지 말고
기다리라고 했다. 애들 다 같이 기다릴 필요는
없고 전화를 건 너희 둘만 기다리라고.

　배자못 아래에서 수십 구의 유해가
나왔다. 연도는 각각 상이했다. 가장 오래된
건 30년 전으로 보였고 가장 최근 것은 10여
년 정도 된 것이었다. 그즈음부터 배자못이

마르기 시작했고 은닉 장소로서의 기능을
하지 못했기 때문이리라.

융의 어머니의 유해도 그중 하나였다.
30년의 세월 동안 완전히 썩어 앙상한
뼈만 남았다고 했다. 그렇지만 융은 소식을
듣고 곧장 고향인 D시로 내려왔다. 융은
어머니의 유해를 보며 해골은 모든 사람의
초상화라는 말을 한 화가가 누구인지
떠올려보려 했지만 기억나지 않았다. 다만 그
화가의 말이 틀렸다는 사실은 알 수 있었다.
어머니는 그의 기억보다 훨씬 작았다. 하지만
뼛조각만으로도 어머니라는 사실을 알 수
있었다. 터무니없는 소리처럼 들릴 테지만
융은 해골의 형태만으로 잊었던 어머니의
얼굴을 떠올릴 수 있었다.

경찰은 정확한 사인을 규명하기 위해서는
시간이 걸릴 거라고 했다. 하지만 검시관의

소견을 보건대 살해됐을 가능성이 크다고
말했다.

시체 안치실에서 나온 융은 화장실에서
헛구역질을 하며 눈물, 콧물, 타액을 쏟아냈다.
과거는 무의미하다고 생각하며 살아왔는데
그렇지 않았다. 그는 세면대에서 얼굴을 씻고
출판 담당 에이전트인 사량 씨에게 전화를
걸었다.

"쓸게요."

융이 말했다.

"큰 결심 했어요."

사량 씨가 대답했다. 사량 씨의 목소리에
화색이 돌았지만 애써 기쁨을 억누르는
듯했다. 30년 전 실종된 어머니의 유해를
발견한 사람에게 잘됐다고 할 순 없는
노릇이었다. 아무리 융이 유명 소설가이고
이 사건을 논픽션으로 쓰겠다고 한들 띨

듯이 기뻐하는 모습을 보여줄 순 없었다.

하지만 사량 씨는 대박 감이라고 생각했다.

융이 D시의 살인에 대해 쓴다면, 그것도

그 살인이 본인 집안의 이야기라면 화제를

불러올 게 분명했다. 사량 씨는 전화를 끊고

서랍에서 쿠바산 시가인 코히바를 꺼냈다.

이럴 때 피우려고 아껴둔 놈이었다. 박스를

열자 나란히 꽂혀 있는 진갈색 시가들이

보였다. 두 개가 비어 있었다. 하나는

라슬로가 노벨문학상을 수상했을 때 피웠고

다른 하나는 시인 이홉이 서른에 요절했을

때 피웠다. 이홉은 개자식이었지만 천재였고

개자식이라는 사실이 알려지지 않았을 때

죽었다. 이홉이 죽은 날의 감정이 기억나지

않았다. 슬펐는지 기뻤는지 말이다.

유년 시절을 떠올리면 열쇠고리가

제일 먼저 생각이 났다. 어머니가 뉴욕의 이모에게 선물 받은 고급 가죽 열쇠고리 두 개. 하나는 탠저린색이었고 다른 하나는 코발트색이었다. 어머니는 코발트를, 융은 탠저린 열쇠고리를 썼다. 열 살 때의 일이다. 친구들은 계집애 같다고 융의 열쇠고리를 놀렸지만 그는 꿋꿋이 열쇠고리를 가지고 다녔다. 담임 선생님이 그 열쇠고리를 무척 세련된 거라고 칭찬했기 때문이었다. 담임은 서른이 갓 넘은 젊은 여선생이었는데 담당 과목은 도덕이었다. 융은 이제 담임에 대한 모든 기억을 잃었고 길에서 보더라도 전혀 기억하지 못할 것이다. 남아 있는 건 인상과 느낌, 작은 언급들뿐이다.

하지만 융이 열쇠고리를 진심으로 좋아했던 건 아니었다. 그의 아버지는 주제에 어울리지도 않는 허영을 부린다고 어머니를 힐난했다. 뉴욕 이모가 자기 아내를 망친다는 식이었다. 융의 아버지는 외가 식구들이라면 하나같이 혐오했다. 속물, 위선자, 같잖은 지식과 명성으로 거들먹거리는 좀생이들. 아버지와 어머니의 관계는 진작 파탄 났지만 융이 고등학교를 졸업할 때까지만 결혼 생활을 유지하기로 합의했다. 융도 그 사실을 어렴풋이 짐작하고 있었다. 조울증을 앓는 융의 어머니는 스스로를 감당하기도 버거웠고 사춘기에 접어들기 시작한 사내아이와 어떻게 관계 맺어야 할지도 몰랐다. 그녀는 자기 자신과 집안 남자들과 D시 모두를 저주했지만 현재의 상황 밖으로 나갈 방법을 상상할 힘이 없었고 매일 밤 술에 취했으며 오래지 않아 아침부터 술을 찾았다. 반면 운수업체를 경영하며 몇 개의 주유소를 가진 융의 아버지는 여유가 넘쳤고 모르는 게 없었다.

그는 아들을 직장에 데리고 다니며 책임감에 대해, 세상의 이치에 대해 가르쳤다. "사람은 뭘 하든 프로가 되어야 한다." 융의 아버지가 말하는 프로란 사사로운 감정에 휩쓸리지 않는 사람이었다. 그것은 무엇보다 사람을 믿지 않는 태도를 의미했다. 그는 아들에게 강조했다. "특히 여자는 절대 믿지 마라." 융은 그가 지칭하는 여자가 엄마라는 사실을 알고 있었지만 더 캐묻지 않았다. 음습하고 불길한 것이 융이 모르는 세상에 자리하고 있었고 깊이 생각하면 할수록 그것들이 자라나 자신을 잡아먹을 것 같았다.

융의 어머니가 집에 들어오지 않자 아버지는 외박을 한다고 말했다. 며칠 후에는 가출했다고 말했다. 일주일이 지나고 가족, 친구들의 연락이 오기 시작했을 때에야 그는 실종 신고를 했다. 융은 담당 경찰관과 여러

번 대화를 나눴다. 하지만 증언할 수 있는
게 아무것도 없었다. 어머니의 삶에 대해서,
그녀의 친구, 사생활, 일상에 대해서 아들은
아무것도 몰랐다.

융은 아버지가 경찰에게 이야기하는 걸
들었다. "남자가 여럿 있었습니다." "종종
외박을 했죠."

어머니가 돌아오지 않을 거라는 게
거의 확실해진 이후 융의 집은 이사를 했고
아버지의 연인들이 집을 드나들었다. 융의
기억에서 그즈음의 모든 일은 희미하다.
엄마가 더 이상 존재하지 않는다는 사실이
그에게 어떤 영향을 미쳤는지 융은 알지
못했다. 그는 처음부터 엄마가 없었던
아이처럼 생활했다. 그에게 엄마는 나약하고
퇴폐적이고 가족을 버린 존재였다. 여성에
대한 비뚤어진 증오심과 환상, 양심과 선망이

뒤범벅되어 그의 내면을 지배했고 아버지와도 점점 멀어졌다. 그의 아버지는 융이 법대에 진학하기를 희망했지만 융의 성적은 바닥을 쳤고 융은 내면에 쌓아 올린 성벽 안에서 나올 생각을 하지 않았다. 아버지는 융에게 나이가 들수록 제 어미를 닮아간다고 말했다.

그러던 어느 날 융은 아버지의 서랍에서 어머니의 열쇠고리를 발견했다. 뉴욕의 이모가 선물한 코발트색 가죽 열쇠고리. 같은 브랜드의 열쇠고리를 구입한 걸까. 하지만 한국에서는 구할 수 없는 물건이라고 했다. 융은 아버지에게 아무것도 묻지 않았다.

3

길 건너 게토에서 소란이 있었다. 소년 하나가 공터에서 여기저기 총을 쏘아댄

것이다. 경찰이 뒤늦게 출동했지만 소년은
골목 안으로 사라진 뒤였다. 검시관 K는
자전거를 타고 퇴근하던 중에 이 소란을 봤다.
병원에서 그의 집까지 자전거로 고작 20분
거리였지만 동네 분위기는 판이했다. 게토를
지나다 보면 길에서 마약 거래를 하거나
총을 들고 그늘진 벽에 기대어 있는 이들을
심심찮게 볼 수 있었다.

어쩌다 이 지경이 된 거지. 검시관 K는
바퀴를 굴리며 생각했다. 오렌지빛으로
물든 구름이 고층 빌딩 뒤로 지나갔다.
황무지에서 불어올 법한 바람이 사거리에
몰아쳤다. D시에 온 지 30여 년이 되었다.
처음에는 매년 날을 헤아렸다. 나이도 정확히
알았다. 하지만 아내가 떠나고 난 즈음해선
세는 걸 그만뒀다. 뭔가를 헤아리는 건
기다리는 게 있다는 뜻이다. K는 아무것도

기다리지 않았다. 아내도, 딸도, 기억도.

뒤룩뒤룩 나온 배를 만지면 거실의 소파에
앉아 루트비어를 마시는 것 말고는 하는
일이 없었다. 그의 거실엔 책이 가득했다.
검시관 K는 대학교수였고 지성인이었다.
책장에는 그럴싸한 철학 책과 자연과학에
관한 논픽션이 있었다. 소설책도 어딘가에
꽂혀 있을 것이다. 하지만 그는 소설을 읽지도
사지도 않은 지 오래였다. 가끔 오래전에
읽은 작가의 문장이 생각나 펼쳐보았지만
한 페이지 이상 읽을 수 없었다. 의미에
대한 저항감이 위장 깊숙한 곳에서부터
치밀어 올라왔다. 그건 생리적인 반응이었다.
구역질이 나고 속이 뒤집혔다. K는
무신론자였고 책을 읽는 이유가 신을 믿지
않기 때문이라고 생각했다. 미신에 기대지
않는 인간 정신이 존재한다고 믿었다. 하지만

그는 이제 신을 믿고 싶었다.

K는 매일 들르는 사거리의 다이너에서 타코를 주문했다. 뒤 테이블에 그의 제자였던 경찰관과 그의 동료들이 수다를 떨고 있었다. 그들의 낄낄대는 웃음소리가 창유리를 흔들었다. 그들은 어젯밤 클럽에서 만난 여자들을 대상으로 지저분한 농담을 하고 있었다. 여자를 정의해봐. 한 경찰관이 말했다. 누구? 키 큰 년? 아니. 그게 아니라 여자 일반. 경찰관이 말했다. 다른 경찰관이 인상을 찌푸리며 대답했다. 속물? 경찰관이 고개를 저었다. 보지를 둘러싼 지방 덩어리. 그가 말하자 아주 잠깐 침묵이 흐른 후 웃음이 터졌다. 미친 새끼네 이거. 한 경찰관이 말했다. 내가 어느 책에서 봤는데 말이야, 여자들은 머리에 총을 맞으면 죽는 데 일곱 시간이 걸린다더군. 경찰관이 말했다. 어째서?

다른 경찰관이 물었다. 총알이 뇌를 찾는 데 일곱 시간이 걸린대. 경찰관이 말했다. 다른 경찰관들이 못 알아들은 듯 멍한 표정을 지었다. 무슨 소리야? 바로 죽는 거 아니야? 이야기를 꺼낸 경찰관이 답답하다는 듯 동료들을 보다가 K에게 눈길을 줬다. K는 양손에 칠리소스를 묻혀가며 타코를 먹고 있었다. 선생님, 선생님은 아시죠? K는 타코를 내려놓고 그들을 쳐다봤다. 들판의 하이에나 무리처럼 헐떡이고 있는 사내들이 보였다. 황혼이 내리기 시작한 거리는 어두침침하고 다이너의 싸구려 조명은 축축한 보도 위로 초록색 진물을 흘려보냈다.

"뇌가 작다는 소리지."

K가 말하자 경찰관이 테이블을 탁 쳤다. 역시! 아. 뒤늦게 그의 동료들이 맞장구를 치더니 억지 폭소를 터뜨렸다.

"정말 여자 뇌가 남자 뇌보다 작아요?"

경찰 하나가 물었다.

K는 그들에게 웃어 보이려 했지만
얼굴근육이 마비되는 게 느껴졌다. 그는
냅킨으로 손을 닦았다. 자신의 행동이 너무
느려서 그들이 흥미를 잃기를 바라며. 그러나
침묵이 길어질수록 기대감이 커지고 있었다.
경찰관들은 모두 그를 빤히 보고 있었다.
그들의 텅 빈 눈동자에서 K는 명백한 신의
부재를 봤다. 하지만 신이 존재한다고 해서
어쩔 수 있는 건 아니야. K는 그 자리에서
울어버리거나 폭소를 터뜨리며 그들의
어깨를 두드려야 한다는 사실을 알았다.
중간은 없었다. 하지만 그는 어정쩡하게 서서
목구멍에서 치밀어 오르는 토사물을 참고
있었다. 그때 다이너 주인이 바에 올려져 있던
K의 휴대폰을 건네주었다. K는 구원의 손길을

잡듯 전화를 받았다. 이 지랄 같은 세상에
휴대폰이라도 없었으면 어쩔 뻔했을까.
모든 것을 망가뜨리는 것이 때로는 유일한
희망일 수도 있다고 K는 생각했다. 전화 속의
목소리는 처음 듣는 남자의 것이었다. 그는
자신을 소설가라고 소개했다.

그들은 밤 11시에 동성로의 카페에서
만났다. 24시간 영업을 하는 카페였다. 검시관
K는 설 연휴와 추석 연휴에 하루를 쉬는 것
외에는 문을 닫지 않는 가게들을 보며 그들이
언제 청소를 하는지 궁금했다. 물론 그들은
손님이 적은 시간을 틈타 닌자처럼 의자를
테이블 위에 얹고 바닥을 닦고 유리에 낀 때를
벗기고 오래된 재고를 정리할 것이다. 하지만
그것만으로는 부족해. 쉬는 날들이 필요한데
그들은 쉬지 않았다. "직원들이 로테이션해

가며 청소하겠죠." K의 의문을 들은 융이
말했다. K는 고개를 저었다. "내가 말한
그들은 사람이 아니라 장소라네."

융은 K의 키와 팔다리, 손가락의 길이에
놀랐다. K는 볼이 퉁퉁하고 눈이 처진 유순한
얼굴이었다. 카페에 앉아 있는 모습을 봤을 땐
늙고 지친 자그마한 사내 같았다. 그러나 물을
가지러 일어난 그는 완전히 다른 사람이었다.
열기구가 올라가듯 둥그런 얼굴이 허공으로
떠올랐다. K는 마르고 긴 팔다리를 휘청이며
걸어가 셀프 서비스 바에서 물 두 잔을
가져왔다. 싸구려 레몬 맛이 눅눅하게 풍기는
물이었고 융은 입을 댔지만 마시지 않았다.
K는 초식 공룡처럼 목을 빼더니 물을 조금씩
삼켰다.

그들은 밤새 대화를 나눴다. 처음에는
융의 어머니가 어떻게 죽었는지에 대해,

살인의 현장을 복원할 수 있는지에 대해,
범인을 찾을 수 있는지에 대해 이야기했고 못
아래에서 나온 시체들의 상흔과 연령, 그들의
공개된 신원과 알려지지 않은 세부 사항에
대해 이야기했으며 D시의 살인 사건에 대해,
매년 실종되는 여자들과 죽는 여자들과 죽는
남자들에 대해 이야기했다. 그 수는 점점
가파른 상승 곡선을 그렸다. D시의 절반
이상이 게토가 되었고 경찰과 시는 총기
소지의 필요악에 대해 주장했다. 자경단이
사람들의 호응을 얻기 시작했으며 D시는
거대하고 혼란스럽고 복잡하고 답이 없는
수수께끼 같은 장소가 되어갔다.

D시의 범죄 중에 일부는 다른 도시들과
같았지만 어떤 범죄들은 양상이 달랐는데
융의 어머니와 같은 여성 실종이 그랬다. 이
여성들은 갑자기 사라졌다. 그들 대부분은

그들의 부재를 아쉬워할 가족이 없었고, 있어도 그들이 다른 도시로 떠났다고 생각했으며, 실종이라는 걸 깨닫고 경찰에 신고해도 경찰은 가출이라 생각해 수사를 진전시키지 않았다. 하지만 쌓여가는 실종자의 수를 보고 K를 비롯한 몇몇 사람들은 문제가 있다는 사실을 눈치챘다. 도시가 그들을 집어삼키고 있었다. 어둠 속으로 그들이 줄지어 사라지고 있었다.

융은 그것 때문에 다시 고향으로 돌아왔다고 말했다. 융과 K는 카페를 나와 동이 트기 직전의 사거리를 건너 도서관과 절이 있는 골목을 걸어 내려가며 대화를 나눴다. "소문이 파다하죠." 다른 도시들은 D시를 놀림거리 삼았다. 저주받은 도시, 정신 나간 도시, 암흑의 도시, 범죄자들의 도시, 병자들의 도시…… 융이 D시 출신이라고 하면

사람들은 동정 어린 표정을 짓거나 질색하며
거리를 뒀다. 내심 그럴 줄 알았다는 듯
고개를 끄덕이는 사람도 있었다. "자네 행동의
저변에 D시의 무의식이 흐르고 있더군."

융은 논픽션을 쓸 생각이었고 K의 도움이
필요하다고 말했다. K는 가장 많은 죽음을 본
사람이었다. 모든 죽은 자들이 그의 지문에
묻어 있고 그의 숨결을 타고 들어와 DNA에
흔적을 남겼다. K의 주변 사람들은 모두
D시를 떠났다. 하지만 K는 떠나지 않았다. K의
아내는 그에게 왜 이곳을 떠나지 않느냐고
묻곤 했다. K는 대답할 수 없었다. 왜일까?
그의 아내와 딸이 떠나는 그날에도 K는
서늘한 시체 안치실에서 목이 베인 여성의
시체를 검시하고 있었다. 죽은 자들이 그의
다리와 어깨-등에 매달려 있었다. 그들이
너무 단단히 오래 그에게 매달려 있어 K는 그

사실을 느끼지도 못했다. 융은 어머니를 죽인 살인자를 찾아낼 가망이 없다는 사실을 알고 있다고 말했다. 30년이 지나는 동안 증거라고 할 만한 것들은 모두 사라졌고 실종 당시의 상황을 재구성할 만큼의 기억을 가진 사람도 없을 거라고. 하지만 그는 죽은 어머니의 일부와 대화를 할 수 있을지도 모른다고 생각했다. 아마 그 대화는 D시의 무의식 속에서 이루어지는 것이리라.

K는 사람들이 가득한 새벽의 버스를 바라보았다. 6차선 대로를 채운 차들이 꾸역꾸역 그들의 묘지로 행진했다. K는 바닥을 한참 내려다보다가 융을 봤다.

"그런데 뭐 좀 먹지 않겠나. 배가 고파서 머리가 돌 지경이네." K가 말했다. "근처에 따로국밥집이 있다네."

"알아요. 어릴 적에도 가봤죠." 융이

말했다.

"그때도 24시간이었나?"

"아니었던 거 같아요." 융이 고개를
저었다.

K가 벤치에서 일어났다. 두 손으로 무릎을
짚고 엉덩이를 들어 올리며 허리를 서서히
펴는 모습이 수천 년 만에 부활하는 미라를
연상케 했다.

"내가 사겠네." K가 말했다.

"제가 살게요." 융이 말했다.

K가 눈을 찌푸리고 융을 봤다. 미세 먼지
사이로 산란하는 아침 햇살 때문에 눈을 뜨기
힘들었다. K는 길쭉한 손으로 차양을 만들어
눈을 가렸다. "그러겠나?"

"네, 제가 살게요." 융이 대답했다.

4

지미의 사무실은 62층에 있었고
통유리 창으로 D시의 서쪽 일대가 보였다.
지미는 여느 때와 마찬가지로 새벽 5시
30분에 일어나 금호강 주변을 뛰고 사내
피트니스 센터에서 샤워를 하며 밤 동안
꾼 꿈을 생각했다. 부드러운 보슬비에 젖은
재래시장의 골목을 가로지르는 꿈이었다.
그녀는 오토바이를 탄 남자를 쫓고 있었다.
남자는 뒤를 보며 꽃잎을 던졌고 발아래는
축축한 식물로 가득했다. 지미는 샤워를 하고
난 뒤 아랫도리를 입지 않았다는 사실을
깨달았다. 하반신을 드러내놓은 채 놈을
쫓고 있었다. 가마솥의 연기가 지미의 눈을
가렸다. 연기 속에서 피해자의 가느다란
손가락이 빠져나와 지미의 종아리를 잡았다.

지미는 다리에 붙은 꽃잎을 떼어내며 앞으로
나아갔다. 연기 속으로 지미의 미래가
사라졌고 연기 속에서 지미의 죄가 묻혔다.

"제 딸을 찾아주세요."

피해자의 어머니가 지미에게 말했다.

지미는 상념에서 깨어나 피해자의
어머니에게 집중했다. 그녀는 코가 크고
단단한 40대 후반의 중년 여성이었고 대형
마트의 뷰티 매장에서 일했다.

이틀 전에는 피해자의 아버지가 지미의
회사인 '네이버후드 워치'에 왔었다. 그는
몸통이 두꺼운 중년 사내로 유통업에
종사했다. 하나밖에 없는 딸이 지난 토요일
친구들을 만나러 나간 뒤 돌아오지 않았다.
하루는 기다렸다. 딸은 종종 외박을 했고 밤새
연락이 안 된 적도 있었다. 고등학교 때 일을
시작한 그녀는 부모에게 얽매이고 싶어 하지

않았다. 그녀는 올해 스무 살이었다.

아버지의 의뢰는 간단했다. 범인으로
짐작 가는 사내가 있었다. 딸의 친구가
딸에게 소개해준 남자로 여러 직업을
전전하는 놈팡이였다. 아버지는 그가
범행에 가담했다는 사실이 분명하다고,
그를 찾아달라고 했다. "돈은 충분히
드리겠습니다." 경찰은 딸이 가출했을지도
모르니 조금만 더 기다려보자고 했다. 그러나
망설이고 있는 사이에 딸이 무슨 일을 당할지
몰랐다.

지미도 동의했다. 이런 종류의 실종
사건은 사흘 내로 해결해야 한다. 그러지
않으면 피해자도 사라지고 범인을 특정할 수
있는 증거도 모호해진다.

피해자의 어머니 역시 아버지와 같은
요구를 했다. 다른 게 있다면 그녀는 남편과

달리 지미의 감정에 호소했다. 딸의 실종에
분노를 느끼지 않느냐고, 가해자가 유유자적
거리를 활보하는 모습을 상상해보라고
말했다. 당신도 가족이 있으면 알지 않느냐고.

어머니가 성대를 꾹 누르며 속삭이듯
말을 뱉었다. 딸을 찾고, 만약 딸이
죽었다면(사실 그럴 가능성이 컸다) 이 일과
관련된 모든 사람을 죽여달라고 말했다.

"저희는 복수 같은 건 하지 않아요."

지미가 말했다.

지미는 피해자의 어머니가 돌아간 뒤
사건 파일을 확인했다. 피해자가 만나던
남자는 택시 기사로 일했다. 남자가 일하는
택시 회사는 앱으로 영업을 하는 신생
회사였다. 모든 차가 전기차였고 기사
대부분을 깔끔한 젊은 남자로 채용했다.
그들 대부분은 프리랜서로 일했다. 돈이

부족하거나 시간이 남을 때, 자유롭게 앱에 접속해 차를 끌고 도시로 나갔다. 경찰은 이 남자를 조사한 모양이었다. 그러나 알리바이가 확실했다. 피해자가 실종된 날 밤, 남자는 온종일 운행을 했고 기록이 남아 있었다.

피해자의 가족은 보통 이런 상황에 지미를 찾아온다. 막다른 곳에 몰렸을 때, 아무도 그들을 돕지 않을 때. '네이버후드 워치'는 명목상 사설 경호업체이자 도시의 자경단이지만 시민들은 복수 대행업체 정도로 생각했다. 30년 전 지미의 첫 번째 일 처리는 도시의 전설이 되었다. 그건 일이 아니라 사적 복수였지만 절망과 분노에 지친 사람들은 지미를 영웅으로 생각했다. 범죄를 저지르는 사람이 있으면 법을 집행하는 사람도 있어야 한다. 법을 집행하는 사람이

없다면 복수를 실행하는 사람이 있어야

한다. 복수는 사회의 질서를 유지하기 위한

절차였고 자연의 법칙이었다. 지미는 복수를

악에 면역되기 위해 극소량의 악을 실천하는

행위라고 믿었다. 신입 직원들에게 총기

교육을 할 때마다 지미가 하는 말이 있었다.

"죽이는 건 신이야. 너는 방아쇠만 당기는

거고." '네이버후드 워치'는 법과 도덕, 범죄와

정의 구현, 개인과 조직 사이에서 위태로운

줄타기를 하며 균형을 잡아왔고 범죄의

규모와 함께 회사의 규모도 커졌다. 하지만

회사가 커질수록 문제도 커졌다. 얼마 전부터

사법 권력이 지미를 노리고 있었다. 권력은

그녀의 회사가 법적 권리 외부에 존재하는

것을 더 이상 용납하지 않겠다고 했다. 협상

테이블에 앉은 지미는 행정보좌관에게 범죄

조직을 와해시키고 범죄자들을 처벌하는

게 먼저라고 말했다. 행정보좌관이 웃음을
터뜨렸다.

"그건 당신이 상관할 바가 아니지."

피해자의 가족은 적금을 깨뜨리고
전세금을 빼고 대출을 받아서 의뢰금을
마련했다. 그들이 그렇게 하는 이유는
피해자의 죽음 때문이 아니라 가해자의 삶
때문이었다. 가해자가 멀쩡히 살아간다는
사실이 그들을 고통스럽게 했다. 또 다른
피해자를 만들지 않으려면 정의가 구현된다는
사실을 알려줘야 한다. 피해자와 D시의
평범한 시민들, 지미의 직원들은 같은 생각을
공유했다. 그러나 지미는 30여 년이 지난 지금
모든 게 잘못되어가고 있음을 느꼈다. 폭력은
일상이 되었다. 도시는 자가면역질환에 걸린
것처럼 스스로를 공격했다. 하지만 지미는
의뢰를 거부할 자격이 없었다. 피해자의

어머니는 되물었다. "그러면 당신은요?
당신이 한 일은 어떻게 설명할 겁니까?"

　　D시에서는 바람이 어느 방향에서 부는지
알 수 없었다. 해가 지는 방향도 알 수 없었다.
사방을 가로막은 산의 그림자가 밤이 되면
장벽처럼 솟아올랐고 안개와 먼지가 기상
현상을 가렸다. 차들은 앞을 보지 않고 앞으로
나아갔다. 대기권 밖에서 내려오는 데이터
신호를 따라 비스듬히 아래를 내려다보며
산과 강, 버려진 아파트 사이로 난 좁은
도로를 나아갔다.
　　택시 기사는 오늘 하루가 불길한
기운을 띠고 있다고 생각하지 않았다. 사실
반대였다. 오랜만에 운전대를 잡은 자신을
페르난도 알론소라고 생각했고 엄격한
내규 때문에 과속도 신호 위반도 추월도

급정거도 할 수 없었지만 핸들을 이리저리 비틀며 고층 빌딩과 두터운 콤플렉스 단지 사이를 미끄러지듯 드리프트해 가는 기분에 취했다. 뒷좌석에 누가 탔건 신경 쓰지 않고, 요금이 얼마나 나오는지 오늘 일당이 얼마인지 신경 쓰지 않고, 희뿌연 조명이 빛나는 빙판 같은 아스팔트 위를 미끄러지며 나아갔다. 회사에서 지정한 플레이리스트에서 흘러나오는 이름 모를 클래식 음악조차 견딜 수 없이 만족스러웠다. 각성제라도 한 움큼 삼킨 듯 흥분한 뇌세포들이 소리를 지르고 있었다. 이야호! 그러나 지금 뒷좌석에 앉은 손님은 처음부터 이상했다. D시의 동쪽 경계인 파동의 어느 식당을 목적지로 지정한 그는 그곳을 지나쳐 도로를 따라 계속 앞으로 가자고 했다. "식당은 그냥 찍은 거예요, 도로를 따라서 시 경계 너머까지 가주세요,

사람들이 없는 데가 나오잖아요. 이쪽으로 쭉 가면 그렇죠? 신천이 용계천으로 이어지고 왼쪽에는 사방산이 오른쪽에는 법이산이 있는 좁고 긴 동네가 나오잖아요. 10년 전에 여길 재개발하겠다고 아파트를 짓기 시작했는데 건설사는 부도나고 분양은 미달되고 주민들은 떠나고 시는 모른 척하는 버려진 동네잖아요."

하천 위를 가로지르는 높고 육중한 8차선 고속도로 기둥 아래 을씨년스러운 공원이 있었다. 공원 주위에는 야적장과 고물상 같은 것들이 있었고 가끔 누군가 그곳에 방문해 무언가를 버리고 가곤 했다.

기사는 갑자기 이어지는 손님의 이야기에 섬찟함을 느껴 백미러로 그를 보았다. 노곤한 표정의 중년 여성이었다. 해 질 녘의 빛 속에서 젊은 시절의 미모가 생생히 떠오르는 우아하지만 삶에 지친

표정의 그 여성은 차창을 따라 지나가는
빛의 흔적을, 도시의 경계면이 와해되는
모습을 좇아 눈동자를 굴렸다. 여성이 다시
입을 열었다. "뒤돌아보지 마세요." 그녀가
품에서 총을 꺼내 기사의 옆구리에 지그시
댔다. 그 동작은 숙련된 바텐더가 빌을
건네는 것처럼 자연스러웠고 기사는 총구가
옷 위에 닿는 감촉을 느끼며 일어날 일은
일어나기 마련이며 그건 계절의 순환 주기
같은 거라고 생각했다. 기사는 기이할 정도로
담담히 자신이 저지른 일들을 떠올렸다.
여자가 말했다. "내가 말한 곳까지 가요.
어딘지 알죠? 당신은 2주 전에도 왔어요.
스무 살짜리 여자와 함께요. 그때는 다른 차를
타고 있었어요. 그 차에는 당신 말고도 남자
두 명이 더 있었죠. 이 택시는 다른 사람이
당신 이름으로 운행하고 있었고요. 그렇죠?"

여자가 말했고 기사는 뒤를 돌아보려 했으나 여자는 총구로 그의 옆구리를 누르며 턱짓을 했다. "계속 가요. 나한테 뭘 물을 생각은 하지 마세요. 저는 아무래도 상관없다는 생각이에요. 무슨 말인지 알아요? 저는 아무것도 신경 안 써요."

기사는 완만하게 꺾인 도로를 보았고 단층 건물 사이로 난 좁은 골목으로 차를 몰았다. 여자는 고해성사를 하는 것처럼 우울하고 낮고 답이 없는 독백을 이어갔다. 넓고 허허로운 강변에 차가 다다랐을 때 기사는 자신이 희망을 버리지 않았다는 사실을 깨달았다. 지금이라도 죄를 고백하고 관용과 자비, 용서를 구할 것이다. 그러나 지미는 믿음이 없었다. 그녀는 시동이 꺼지기 무섭게 방아쇠를 당겼다.

5

"이 책에 쓴 사건 중 실제로 일어나지 않은 사건은 단 하나도 없다." 융은 책의 서문에 이렇게 썼다. 그러나 그는 곧 다시 반대로 말한다. "이 책의 모든 내용은 픽션이며 실제 사건과 인물을 연상시킨다면 그것은 전적으로 우연의 일치이다."

책에서 융은 그가 그토록 증오하고 벗어나려고 애썼던 어머니와 아버지가 정말 어떤 인물이었는지 이해하기 위해 애쓰는 한편 그러한 이해가 결코 용서와 애정, 구원으로 귀결되지 않기 위해 노력한다. 융의 귀환은 다른 수많은 서사 작업들의 고향이나 가족, 근원으로의 귀환과는 달리 가족을 피의 연대로 받아들이지 않는다. 융은 DNA의 복제에 따른 선천적 형질이 사회 내 존재로서

한 개인에게 큰 의미가 없음을 반복해서 증언한다. 외모의 유사성에도 불구하고 그와 그의 아버지는 얼마나 다른가. 폭력배에 반미치광이, 보수적이고 가부장적인 그의 아버지에 반해 융은 40년이 넘는 세월 동안 단 한 번도 신체적 폭력을 행사한 적이 없으며 뼛속 깊이 가부장제를 혐오했다. 그럼에도 불구하고 그와 아버지 사이에 또는 어머니 사이에는 일치점이 있을 것이다. 그러한 일치점들이 어떻게 사회에서, 이 책에 따르면 "D시"라는 환경 속에서 다르게 발현되는지, 그리고 그것이 어떠한 파국으로 이어지는지가 융의 주제라고 할 수 있을 것이다.

그러므로 기호는 융의 책을 읽으며 책 속의 "융"이 픽션에 불과하다고 말했음에도 불구하고 모든 사건이 실제 사실이라는 것을 알 수 있었다. 기호 역시 융과 같은

D시 출신으로 융이 그려내는 도시의 형상과
분위기는 모든 면에서 D시와 일치했다.

　아마 대부분의 사람들이 그 사실을
인지했을 것이다. 언론이나 비평도 일관되게
소설의 자전적 성격에 대해 언급한다. 그러나
그럼에도 불구하고 어느 기자나 평자도 이
부분을 깊게 파고들지 않는다. 융이 지어낸
이야기라고 선을 그은 이유도 있지만, 작품이
보여주는 장르적 서사와 폭력성, 여성 혐오와
사적 복수가 더 흥미로운 주제였기 때문이다.
융의 어머니가 실종된 건 사실이지만 그녀의
시체는 책의 내용과 달리 발견되지 않았다.
아마 이 부분이 실제와 일치했다면 이 작품은
다른 차원의 논란을 불러일으켰을 것이다.

　하지만 기호는 융의 작품이 그가
서두에서 말한 대로 하나의 오차도 없는
사실이라는 것을 깨닫는다. 시인이자

소설가이기도 한 기호의 표현을 빌리면 "진실의 디테일"이 융의 작품 전반에 걸쳐 전시되기 때문이다. 꼭 이것이 실화라는 사실을 사람들이 알아주기를 바라는 것처럼, 융은 섬세하게 진실을 새겨 넣었다.

기호는 융의 아버지가 책이 출간되기 1년 전에 죽었다는 사실을 어렵지 않게 알아낸다. 책의 인상적인 결말부에서 융의 아버지는 지미에게 쫓긴다. 이례적인 한파로 꽝꽝 얼어붙은 용계천 위를 총에 맞은 아버지가 절뚝이며 걸어간다. 옆구리에서 흘러내린 피가 떨어지기 무섭게 빙판에 스며든다. 지미는 일정 거리를 두고 그를 쫓는다. 서쪽 산등성이에서 불에 탄 송진 냄새가 나는 겨울바람이 불어온다.

융이 앞서 서술한 바에 따르면 지미는 어린 시절 융의 아버지를 본 기억이 있다.

어머니를 데리러 나온 검은 손의 남자였다.
융은 자신의 아버지와 지미의 어머니가
내연 관계였는지 의심하지만 진실은 알 수
없다. 검시관 K가 알아낸 바에 따르면, 융의
어머니는 실종되기 직전, 지미의 어머니와
함께 금호호텔 지하의 클럽에 방문했다.
밤 10시에서 10시 30분 사이의 일이었다.
목격자에 따르면 두 사람은 세 팀의 남자들과
시간을 두고 합석했다. 새벽 1시 즈음 지미의
어머니는 융의 어머니가 돌아오지 않았다는
사실을 깨닫는다. 화장실에 간다고 나간
친구가 사라졌고, 분명히 어느 남자와 자리를
옮겼을 거라고 짐작한다. 이미 술에 취한
지미의 어머니는 한 시간 정도 더 클럽에
있다가 집으로 돌아왔다고 증언했다.

경찰은 형식적으로 세 팀의 남자들을
찾았지만 실제로 조사한 건 뒤에 합석한

두 팀의 남자들뿐이었고 그들은 범행을 부인했다. 알리바이도 있었다.

그러나 융과 검시관 K는 기록에 남아 있는 모든 남자를 찾아낸다. 그들 중에는 암이나 사고, 자살로 죽은 이도 있다. 살아 있는 사람은 직접 만나 그때의 일을 물어보고 죽은 사람의 경우에는 부인이나 자식을 만나 질문을 던진다. 대부분은 아무것도 건지지 못한다. 과거를 기억하지 못하거나 화를 내는 경우가 다반사다. 하지만 융은 멈추지 않고 금호호텔 클럽에서 일했던 바텐더와 웨이터를 찾아내 당시 단골들을 조사한다. 길고 의미 없는 목격자와 용의자의 리스트가 이어진다. 리스트를 따라 난 어지러운 길을 융과 검시관 K는 쫓는다. 방문하고 허탕 치고 질문하고 답을 듣지 못하는 시간이 계속된다. 융은 D시의 레지던스에 자리를 잡고 조사와 기록을 이어나간다. 그는 아버지와의 만남을 뒤로 미룬다. 그의 아버지에게 제시할 수 있는 증거를 찾을 수 있을 때까지 시간은 반복된다.

지미는 융의 아버지를 사냥하듯 천천히 쫓는다. 아버지는 정신이 희미해지는 걸 느낀다. 피를 너무 많이 흘렸고 추위가 느껴지지 않는다는 사실을 깨닫는다. 발아래 얼음이 조금씩 녹고 바람이 물속으로 스며들어 거품을 일으킨다. 아버지는 얼음낚시를 갔던 기억을 떠올리고 아들은 개울을 건너던 그의 바짓단이 젖은 모습을 떠올린다. 황소개구리의 다리를 문 황소개구리를 아버지의 친구가 불에 굽는다. 융의 어머니가 거품도 없이 연못 바닥으로 걸어 들어간다. D시의 하늘 위로 전운이 감돌고 영원한 향수 속의 과거가 지미의 눈동자에 머문다. 지미는 융의 아버지를

겨눈다. 손에는 아무것도 들려 있지 않다.
바람은 아래에서 위로 올라간다.

　　기호는 융이 회피한 것과 회피하지
않은 것을 도표로 나눠 섬세히 구분한다.
그는 D시로 내려가 융과 지미의 행적을
찾기로 결심한다. 기호는 실제 사건이
허구로 전달되는 경로를 되짚어 조사하는
것이 폭력의 본질을 찾는 것이라 생각한다.
기호에게 이것은 필연적인 과정이다. 기호
역시 D시에서 태어나고 자랐다. 그 시절의
모든 사람이 D시에서 태어나고 자랐을
것이라고 기호는 생각한다.

작가의 말

　　처음에는 거창한 작가의 말을 쓰려 했다.
영화는 왜 범죄적일 수밖에 없는지, 영화의
DNA에 깊이 새겨진 자경단 유전자에 대해,
법과 불법이 어째서 샴쌍둥이인지에 대해,
이드는 왜 초자아에 두들겨 맞고 복종하길
좋아하는지, 이 과정이 어째서 이드의 욕망을
충족하는지, 욕망의 이데올로기적 순환이
왜 오락이라는 이름으로 위조되어 일상에
존재하는지.

　　하지만 막상 글을 쓰게 되니 그런 말을

하고 싶지 않다는 걸 깨달았다. 비평가나 학자가 깨달음을 주는 건 좋다. 이를테면 데이비드 그레이버의 〈배트맨 다시 읽기: 국민주권을 제한하는 슈퍼 히어로〉(《관료제 유토피아》) 같은 글. 그레이버는 슈퍼 히어로가 반동적이라고 말한다. 그들은 상황에 반응할 뿐이다. 영웅들은 계획도 없고 창의성도 없다. 반면 악당들은 구상과 계획으로 가득하다. 그들은 창의적이다. 영웅들은 이렇게 말하는 듯하다. 세상을 바꾸려고 하지 마. 세상은 이대로 아름다워. 하지만 정말?

질문에 대한 답은, 나는 잘 모르겠다. 아름답기도 하고 안 아름답기도 하겠지. 다만 나는 그런 이야기는 하고 싶지 않다. 하고 싶지 않다면서 해버린 것 같지만, 하고 싶지 않다. 그런 이야기를 듣거나 생각하는 건 좋지만 글로 쓰는 건 내키지 않는다.

내가 쓰고 싶은 건 조금은 붕 떠 있는 이야기다. 의도나 목적을 정확히 알 수 없는 이야기, 어디에도 갖다 붙일 수 있는 이야기. 존 케이지는 목적을 제거하는 것이 목적이라고 말했다. 실없는 아방가르드적 수사가 아니라 목적을 제거하면 인식을 확장할 수 있다고 믿었기 때문이다.

나도 그렇게 생각한다. 가끔 너무 확장된다는 게 문제지만.

2023년 가을

정지돈

- 33

현대적이라고 말할 수 없는 죽음들

초판 1쇄 인쇄 2023년 9월 15일
초판 1쇄 발행 2023년 10월 11일

지은이 정지돈
펴낸이 이승현

출판2 본부장 박태근
스토리 독자 팀장 김소연
편집 강소영 곽선희 김해지 이은정 조은혜
디자인 이세호

펴낸곳 ㈜위즈덤하우스   **출판등록** 2000년 5월 23일 제13-1071호
주소 서울특별시 마포구 양화로 19 합정오피스빌딩 17층
전화 02) 2179-5600   **홈페이지** www.wisdomhouse.co.kr

ⓒ 정지돈, 2023

ISBN 979-11-6812-734-0 04810
      979-11-6812-700-5 (세트)

값 13,000원

한 조각의 문학, 위픽 wefic